مجموعة قصصية

حكايا الدمى 1

د. جُمان الريحاني

إهداء..

إهداء إلى سيدة القصص القصيرة

الدكتورة سارة لونا

جمان الريحاني

صانعة الدمى

كانت السيدة سيدرا وهي عجوز تعمل في محلها الصغير وتصنع الدمى وتبيعها ولكنها كانت تصنعها يدويا وفي كل مرة تصنع دمية واحدة فريدة من نوعها ولا تكررها.

وقد كانت تحب دماها كثيرا لكنها تبيعهم أيضا وتعيش من مردود بيعهم.

لقد كانت تصنع الدمى بكل حب وود وهي سعيدة وأيضا بكل جد وإتقان، لقد كانت ترى بأن كل دمية

هي كيان لوحدها وعليها أن تعطيها وقتها اللازم وأيضا أن تتأنى في وضع كل تفاصيلها، فلا تستعجل ولا تكرر العمل.

كما أنها قد كانت تحبهم وتغدق عليهم بالحب والدلال، فتدللهم كثيرا في مرحلة الصناعة وتسألهم عما يريدونه مثل لون الشعر آو لون العينين وحتى الثياب التي يرتدونها.

كما أنها كانت تلعب معهم وأيضا تطلق عليهم أسماء يحملونها حتى حين تبيعهم، فهي تعرضهم باسماءهم تلك.

ولكن الحزين في الأمر هو أنها كانت تفتقد الدمى حين تبيعها وتغادر محلها لأنها تربطها بها صلة حب جميلة وعلاقة طويلة هي كل حياة الدمية في محل السيدة سيدرا.

لقد ورثت السيدة سيدرا حرفتها عن جدها الذي كانت تعيش معه لوحدهما فهو من سهر على تربيتها وعملها حرفته، وعندما مات جدها أصبحت هي تعمل في محله لكي تحافظ على مهنته فلا تندر ولكي لا تغلق المحل الذي كان يحمل اسم جدها الذي لطالما أحبه أطفال الحي.

لقد كان فراق جدها صعب جدا عليها وحتى انه كان أصعب من فراق الدمى.

مرت السنوات وكبرت وهي تصنع الدمى بين القماش والحشو والأزرار وماكينة الخياطة والإبرة والخيط.

لقد كانت تصنع الدمى تكريما لجدها الراحل وحبا له لكي تشكره على الحياة التي أهداها لها والعناية التي اعتناها بها كل حياته.

لم تتزوج السيدة سيدرا ولم تنجب أطفالا، لأنها قد تلقت صدمة حين مات جدها، فغرقت في الحزن والوحدة،

واعتبرت بأن فراق جدها قد كان أصعب أمر مر عليها في حياتها، لذا كان لديها تخوف من أن تنجب وتفقد أولادها أو احدهم مثلما فقدت جدها.

اعتبرت السيدة سيدرا الدمى أولادها وبناتها وكانت تبيعهم فقط لمن يستحقهم، لمن ترى بأنه سوف يرعاهم ويعتني بهم، وترفض بيعهم لمن لا ينال إعجابها.

كما أنها قد كانت تطلب من زبائنها زيارتها بعد أن يشتروا منها دمية لكي تراها وربما تصلح فيها أي عطب أو ضرر يصيبها مجانا.

ولكنها في الحقيقة كانت تحب رؤية الدمى من جديد وأيضا تحب الاعتناء بهم شخصيا.

مرت الأيام والسنوات وأصبحت السيدة سيدرا صانعة الدمى امرأة كبيرة في السن، وقد كانت لديها مجموعة من الدمى ليست للبيع، منها ما كانت من صنع جدها الراحل ومنها ما قامت هي بصنعها وقررت أن لا تبيعا ولكنها كانت تعرضها في محلها.

لقد كانت لديها بعض الدمى التي تشكل عائلات ومنها من هن أخوات ومنها دمى يعتبرن في مجموعة منهم الصديقات ومنها الأصدقاء.

لقد كانت تحب الدمى وتحب المحل والمشغل وأيضا رغم كل شيء لقد كانت تحب حياتها التي تعيش فيها كل الوقت، فقد كانت تعمل طوال الوقت ولا يفصلها عن العمل إلا النوم.

في يوم من الأيام مرضت السيدة سيدرا التي أصبحت سيدة عجوز ففكرت وقالت في نفسها:

هل سأموت؟

أنا لا أريد أن أموت

أريد أن أبقى مع الدمى هنا

ثم فكرت بعمق قليلا وقالت:

"أريد أن أصبح دمية"

لقد توصلت إلى تلك الفكرة، وقررت فعلا بأن تصبح دمية، ومنذ ذلك اليوم وهي تقوم بعمل قد خطر ببالها.

لقد قررت أن تصنع دمية تشبهها وكانت كل يوم تصر على أمنيتها تلك وهي أن تصبح دمية.

وقد كانت مريضة جدا في تلك الأيام بينما هي تقوم بصنع تلك الدمية التي كانت تغذيها بأمنيتها بأن تصبح هي دمية.

لقد كانت تخيط تفاصيلها وتختار لها كلما يجعلها أكثر شبهها بها ومع كل غرزة إبرة كانت تتمنى أن لا تموت بل أن تتحول إلى دمية.

لقد كان الموت يخيفها والفراق أيضا لم تكن تريد لا الموت ولا فراق كل تلك الدمى التي لم تكن للبيع وحتى المعروضة للبيع.

كانت تلك الدمى هي كل حياتها كما أنها كانت تعتبرهم أسرتها ولك من لها بالحياة وهم معنى الحياة والوجود.

وفي آخر يوم لصناعتها لتلك الدمية التي كانت تشبها إلى حد كبير، خلدت السيدة سيدرا إلى النوم ووضعت

على السرير بجانبها دميتها التي تشبهها وكأنها صورة طبق الأصل عنها.

بعد أيام اكتشف الناس اختفاء السيدة سيدرا أو ربما اختفاء جثتها، فهم لم يجدوا لها أثرا رغم أنها قد تركت بيتها مثلما هو ومحلها ومشغلها وهذا لم يكن من عاداتها فهي لم تكن تغادر بيتها إطلاقا.

عندما لم يجدوها وقد كانوا يعلمون بأنها مريضة وربما تموت كان هناك اعتقاد بأنها قد تحولت إلى دمية خالدة.

إلى تلك الدمية التي كانت على فراشها لأنها كانت تشبهها إلى حد كبير جدا لدرجة التطابق.

فقاموا بوضع الدمية في الحل إلى جانب الدمى التي ليست للبيع ولازالت الدمية سيدرا معروضة في محل جدها إلى هذا اليوم، وقد كانت دمية سعيدة ولازالت كذلك.

إنها دمية سيدة عجوز جميلة بشعرها الرمادي وثوبها البيج الذي عليه أزهار صغيرة بنية للون وتضع مريلة بنية وكأنها متأهبة للعمل ومبتسمة على الدوام.

مربية الدمى

كانت هناك سيدة تمتلك مجموعة من الدمى التي تعيش معها، يعتقد من يدخل بيتها لأول مرة بأنها تحب تجميع الدمى الجميلة.

وربما يعتقد أن لديها مجموعة من الفتيات آو ابنة وحادة ولكن بالتأكيد أنها تحب ابنتها أو بناتها وتشتري لهم الكثير من الدمى التي بالتأكيد يحبونها أو يعشقونها.

كل دمية تختلف عن الأخرى، جميلات بشكل كبير، وهي تعتني بهن وتسهر على نظافتهن وفساتينهن الأنيقة وتهتم بشعورهن.

كانت طريقة حياتها أمر خاص ولا أحد يعلم بما يدور في بيتها، ولم يكن أحد من جيرانها قد دخل بيتها أو رأى ما بداخله، غلا بعض الفضوليين والأطفال الذين كانوا أحيانا يسترقون النظر إلى ما لا يخصهم أو يتجسسون عليها من النوافذ.

كانت تلك السيدة تحافظ على خصوصيتها ولا تفتح بابها للغرباء الفضوليين وكانت كل سنة تغير المنزل وتبتعد عن ذلك المكان يضع شوارع أو حتى إلى قرية أخرى ولكنها لا تسكن البيت لأكثر من سنة.

الأمر الذي غريبا أن جيرانها دائما ما يعتقدون بأن لديها طفلا يعيش معها.

لأن أثاثها كان يدل على وجود طفل أو ربما أطفال.

كانت تلك السيدة في كل شهر تقريبا تضع إعلانا تبحث فيه عن مربية أطفال لكي تعتني بما لديها، كل فتاة كانت تتقدم للوظيفة كانت تعتقد بأن السيدة لديها طفلا وهذا ما كانت توهمهم به دون أن توضح.

ولكن كان لديها مواصفات خاصة تطلبها كل مرة وأيضا كانت تتحقق من تاريخ الفتيات ووضعهن العائلي.

كانت تطلب:

فتاة عزباء

لا صديق لها لأنها لا تريد للمربية ان تنشغل بحبيبها
فلا تقوم بعملها كما يجب

أكثر من العشرين عاما

متفرغة، من أجل دوام كامل مع الإقامة

تجيد الغسيل والتنظيف وترتيب الملابس

تهتم بغرف الأطفال وتجهز كل متطلباتهن

لا تكثر الأسئلة ولا تتدخل فيما لا يعنيها

تجيد تسريح الشعر ومبدعة فيه

وبعد أن تتقدم إلي الوظيفة أية فتاة فهي تسأل عنها
وتبحث في تاريخها كل تعرف خلفيتها وكلما وراءها.

كانت تفضل الفتيات الشابات للعمل عندها، وتفضل أي
نوع من المتشردات والتي بلا عمل دائم لهن،

وتبحث عن من يكون والداها مطلقين أو تعاني من مشاكل عائلية أو ليست علاقتها جيدة مع أفراد عائلتها.

وكانت تلك السيدة كانت تريد الاستفراد بالمربية ولكن الأخيرة لم تفكر في الأمر هكذا لأن السيدة كانت جيدة في صياغة الأسئلة فلا تلفت الانتباه إلى نفسها ولا تثير الشكوك.

في يوم تقدمت فتاة يتيمة(ريفا) للعمل كمرية في بيت من أجل المال فقد كانت تحتاج لجمع المال من أجل دفع رسوم الجامعة.

عرضت عليها عدة شروط ومن أجل أن تحصل على ذلك العمل أقنعت نفسها بأنها قد ناسبتها كل تلك الشروط

بدأت ريفا العمل لدى تلك السيدة التي عرفتها على البيت وسارت بها في أرجاء المنزل وعرفها على

دمى الأطفال ولكنها لم تعرفها على بناتها وأخبرتها بأنه لديها ستة بنات ولكن عملها لن يكون مع الفتيات.

أخبرتها بأن مهامها تبدأ مع الصباح الباكر وعليها أن تهتم بدمى الفتيات أيضا أن تلبسهن وتمشط شعورهن أما الفتاة فعليها أن تهتم بهن دون أن تختلط بهن لأنهن حالة خاصة ولا يجبون الغرباء.

فهم حتى يتلقون التعليم في المنزل لذا كان عليها أن تطبخ الطعام وتضعه في الصحون على الطاولة وان تفسح لهن المجال لكي يتناولن طعامهن

وعليها أن تغسل ملابس الدمى وتضعها في خزانة الملابس لكل فتاة فبناتها يلبسن الدمى من ملابسهن.

وعليها أن تعطيهن درسا بعد الظهر دون أن يحضن بل كانوا يختبئن ويضعن الدمى على الكراسي كأنها هي التي تدرس.

لقد كان الأمر غريبا ولكن المربية ريفا لم تشتكي لأن الأطفال غير الموجودين أمامها بالعين المجردة لم يكونوا متعبين يأكلون طعامهم ويحلون الواجبات التي تعطيها لهن كما أنهم كانوا في كل مرة تملئون لها سلة الغسيل.

مر أكثر من أسبوعين ولم تتمكن من رؤيتهم ولأن السيدة منعتها من التدخل والفضول فكانت تؤدي عملها وتجلس في غرفتها فكانت في أوقات فراغها تسمع كلامهم وضحكهم والفوضى التي يحدثونها أحيانا لوحدهم وأحيانا مع والدتهم.

كانت السيدة مبسوطة من عمل المربية وتثني عليها ولكن المربية كانت أحيانا تشعر بالفضول خاصة في الليل عندما تشعر بأنهم يراقبونها أو حين تشعر بأحد عند الباب.

وبعد أسبوعين أصبح الأطفال أكثر قربا من مربيتهم فأصبحوا يتركون لها الرسائل بعض الكلمات يكتبونها لها على الورق وأحيانا يطلبون منها أن تلعب معهن الغميضة أيضا دون أن تراهم ولكنها تسمع مشيهم وضحكهم وأحيانا ترى ضلا أو خيالا لإحداهن تمشي.

كما كانوا يطالبون بإشراك الدمى في كل نشاط يقومون به.

أسماءهن كالتالي:

رين روز ستار مون فيث وفايفر

في إحدى الرسائل التي تركتها إحدى البنات كتبت للمربية ريفا بأنها تعتقد بأنها تشبه دمية عندهم وقد أطلقوا على الدمية اسم ريفا أيضا ووضعوا لها الدمية في صندوق وطلبوا منها إيجادها.

وكانت هذه إحدى ألعابهم المفضلة ابحثي عني

البحث عن الكنوز

اكتشاف الشيء الضائع

تحمست المربية ريفا وراحت تبحث في كل البيت لكن السيدة كانت قد منعتها منعا باتا من النزول إلى القبو.

فشلت ريفا في إيجاد الدمية التي قالوا أنها تشبهها لذا كان عليها تعمل العقاب فمن يفشل في اللعبة يعاقب وعليه أن يؤدي العقوبة التي توجه له.

لم يكن قد مر على توظيف ريفا إلا أسبوعان لذا كانت تحاول أن تساير الفتيات لكي لا يتم طردها وقد شعرت بأنهم أصبحن يحبونها ويطيعون أوامرها لذا لم تشأ أن تفسد علاقتها بهن فكانت تجاريهن في اللعب.

كانت عقوبتها أن تنزل إلى القبو وتقضي ساعة كاملة هناك.

هنا لم تعرف ريفا كيف ترضي الأطفال وتغضب الأم فتخسر عملها أم تغضب الأطفال وتخسر عملها أيضا، لذا كان عليها إيجاد فكرة مناسبة لكي ترضي كل الأطراف.

في المساء قررت السيدة أن تخرج للتسوق وربما تقضي ساعتين لكي تبتاع كل الحاجيات لها ولأطفالها.

اغتنمت ريفا فرصة غياب الأم وأخبرت الأطفال بأنها سوف تنزل إلى القبو وعليهم أن يراقبوا الساعة وان يفتحوا لها أن عادت الآمر وإلا سوف يعاقبون جميعا.

نزلت ريفا فتم إغلاق الباب عليها وكان القبو مظلما،
وعندما وجدت الضوء وأشعلته كانت المفاجأة.

اعتقدت ريفا في البداية بأن الفتيات الصغيرات هن من
أغلق عليها الباب ولكن لم يكن الأمر صحيحا

لقد تابعت الفتيات الصغيرات لعبهن مع ريفا ولكن
كانت هناك شروط جديدة لكي يطلق سراحها من القبو
فقد أخبرنها بأنه يجب عليها أن تتحمل الألم لكي تخرج
من القبو

والمقصود بتحمل الألم أنهن قد تابعت اللعب فطلبن
منها الجلوس في منتصف القبو على كرسي موضوع
هناك وقد كان الكرسي داخل دائرة

مرسومة على الأرض وأيضا طلبن منها أن تتحمل الألم وإلا لن يطلق سراحها والصراخ لن يفيدها لأنه لن يسمعها احد

وبعد أن عرفت ريفا بأنه لا يمكنها الخروج وبعد محاولات كثيرة لكي تجد مخرجا وافقت على تلك الشروط وجلست الكرسي

وبعد موافقتها على تلك الشروط طلب منها أن تغمض عينيها وبعد أن فتحتهما وجدا الدمية التي تشبهها والتي تلبس ملابس تشبه ملابسها تجلس على كرسي مقابل كرسيها وداخل دائرة أيضا وهناك مثل القناة يربط بين الدائرتين

عندما حاولت ريفا أن تستفسر عن الأمر طلب منها أن تخرس

وهكذا بدا اللعب

كانت الفتيات يطرحن أسئلة على ريفا وإذا لم تنل
إعجابهن إجابتها قاموا بجرحها بخنجر على ذراعيها
ولكنها تتحمل الألم وتغير الإجابة

ومن الأسئلة التي طرحنها عليها مثلا:

هل تحبيننا؟

هل ستبقين معنا إلى الأبد؟

هل تحبين الدمى؟

أتفضلين لو انك دمية؟

وهكذا وأسئلة من هذا القبيل

وقد كانت قطرات الدماء التي تنزل من ذراعيها تتجمع لكي تمشي حول الدائرة وتعبر القناة لكي تصل الى دائرة الدمية وتدخل فيها بطريقة مبهمة

لقد استمرت تلك اللعبة حتى كادت ريفا ان يغمى عليها من التعب ومن شدة النزيف

وعندما لم تعد تتحمل ظهرت لها الفتيات وأخيرا ولكنها تفاجات بما رأت لم يكن فتيات بل كن دمى تتحرك وتتكلم

لقد كانت دمى حية

وبعد لحظت حتى قامت الدمية التي كانت مقابلة لريفا تتحرك وتمشي وتتحدث وتقدمت من ريفا وقالت لها:

إن الطعنة الأخيرة هي من نصيبي شكرا لك لأنك أعطيتني الحياة

وقالت لها الدمى الأخرى نحن أيضا كن مربيات وأنت اليوم صديقتنا أنت دمية مثلنا وبعد عدة أيام سوف تحضر لنا أمي مربية أخرى

سوف تستمتعين باللعب معنا

نعدك بذلك

وفجأة أخذت تلك الدمية ريفا خنجرنا وطعنت المربية لتلفظ أنفاسها

وهكذا أصبحت الدمية تشعر بالحياة

بيت الدمى

اشترت ساندي بيت دمية اثري وقديم وقد أعجبت به لكبر حجمه وقد أعجبت به وقد كان معروضا للبيع ضمن أثاث بيت كان قد ورثه شخص وأراد أن يبيع كلما في البيت لكي يعيد هدم البيت واستغلال مساحة الأرض التي كان عليها البيت.

اشترته ودفعت فيه كل مدخراتها لأنها را باه جميل جدا ويستحق الشراء كما أنها كانت تدرس في كلية الهندسة ورأت بأنه بيت جميل ولكنها في الحقيقة كانت مازالت في داخلها طفلة وقد كانت تتمنى في طفولتها

أن تحصل على بيت دمية ولكن لم يكن في مقدور والديها توفير ذلك.

وبعد أن أخذته إلى بيتها وهي سعيدة كانت ترى بأن ما فيه ليس يليق بالبيت الذي كان هيكله جميل جدا

في ذلك المساء تلقت الفتاة إنذارا من صاحب الشقة الذي يريدها أن تغادر شقته وان تخلي الشقة وأعطاها مدة أسبوع.

حزنت كثيرا لكنها لم تكن تريد لهذا الأمر أن يزعجها ويجعلها تنسى السعادة التي بثها بيت الدمية فيها.

لقد كان الأمر صعب أيضا لأنها اليوم واليوم بالذات قد أنفقت كل مدخراتها ولم يعد أمامها حل.

فكرت كثيرا ثم وبفعل الصدفة رأت إعلانا عن عمل بدوام جزئي للعناية بسيدة عجوز وفي بيت في حي راقي وكبير ومعروف.

قالت في نفسها ولما لا.

لأجرب حظي.

وعندما اتصلت ردت عليها مدبرة المنزل وأخبرتها على الفور بأن الوظيفة لها.

لم تصدق سرعة الأمر ولما عساهم يوافقون على توظيفها بدون مقابلة ا وان يروها أو يسمعوا عنها أو حتى دون أن ترسل لهم سيرة ذاتية.

ولكنها رغم ذلك اتجهت إلى هناك مباشرة

وعندما وصلت ذهلت بالبيت والمستوى المعيشي لتلك العائلة

وعندما دخلت التقت بمدبرة البيت التي أخبرتها بأنها قد استقالت وهي تريد أن تحل محلها أية موظفة لأن أين السيدة يعيش في بلاد أجنبية وهي تريد أن تسافر لأن عمتها قد توفيت وورثت ولم تعد بحاجة للعمل.

أعطتها مفاتيح البيت ونصحتها ببعض الأمور ثم غادرت من فورها.

أحضرت الفتاة حقيبتها وسلمت مفاتيح الشقة إلى صاحبها وحملت حقيبتها في سيارة الأجرة والبيت الجميل الذي اشتراه.

وعندما بدأت عملها وجدت بأن العمل جيد وليس متعب ولكنها ولأن العمل لم يكن جزئا مثلما ظنت توقفت عن مزاولة الدراسة.

وبينما هي في البيت الجديد وقد كانت لديها غرفتها الخاصة ولكنها رغم ذلك مازالت تحاول الدراسة فكانت تأخذ بيت الدمية وتضعه في كل غرفة تذهب إليها وتجلس لكي تدرس هيكل ذلك البيت وأرادت أن تصنع له بعض الأثاث.

ولكنها لم تعد تذكرت فقد أصبحت كل صباح تجد فيه قطعة أثاث جديدة بعد أن تقضي ساعات خلال الليلة

وهي تصنع له شيئا ما حتى تنام على الطاولة أو في الصالون أو المطبخ كل مرة في مكان.

البيت الذي لديها كبير يشبه البيت الذي أصبحت تعيش فيه كثيرا لذا قررت أن تصنع له أثاث يشبه أثاث هذا البيت لذا كانت تجول ببيتها في البيت الكبير وتقلد الأثاث. ولكنها لا تتذكر بأنها كانت تكمل القطعة وتضعها بالداخل في بيت الدمية.

لم تشعر الفتاة التي بدا عليها البيت يخلو بأن الأثاث أصبح يختفي من البيت ولكنها كانت تشعر بأن العمل في البيت كل يوم يصبح أخف.

ولكنت ترى قطع الأثاث داخل البيت الصغير ولكنها مازالت تراها في الواقع في البيت الكبير ولكن فقط صورة وهمية تراها بعيونها هي.

وعندما اختفى كل شيء من البيت وفي صباح يوم كانت العجوز تشعر بمرض وسهرت بجانبها وهي

تعمل على إحدى غرف البيت الصغير (غرفة هي قررت أن تكون لعجوز تشبه الجدة التي تعتني بها) حتى عندما استفاقت صباحا وجدت أنها قد جهزت كل الغرفة ووضعت عجوزا داخل الغرفة.

لقد خلت غرفة العجوز وانتقت العجوز إلى بيت الدمية وكانت آخر لمسة هي أن الفتاة في اليوم التالي اختفت هي أيضا من البيت وأصبحت داخل بيت الدمية.

وبعد مدة من الزمن أرسل صاحب البيت رجلا لكي يرى ما يحدث مع والدته التي لم يتواصل مع خادمتها منذ أكثر من أسبوع.

وعندما وصل المحامي ولم يلق جوابا من الطرق على الباب دخل لأنه كان يمتلك مفتاحا إضافيا ففتح الباب ودخل، في تلك اللحظة فوجئ بما رآه.

لقد رأى البيت خاليا ولم يجد فيه شيئا إلا الجدران، جال البيت كله ولم يجد شيئا لا في الصالون ولا في المطبخ لا ثلاجة ولا فرن ولا حتى ملعقة.

صعد إلى الطابق العلوي وكان مثل الطابق السفلي ولم يجد لا الخادمة ولا العجوز ولا السرير ولا أي غرض في الخزانة ولا في الحمام.

لم يجد شيئا إلا شيء واحد في غرفة الموظفة التي كانت بجانب غرفة العجوز انه بيت دمية.

وعندما أطال النظر ونظر بعمق وجد سيدة عجوز في سريرها تشبه السيدة العجوز وأيضا فتاة في نفس البيت ولكن في غرفة أخرى ووجد أثاث يشبه الأثاث الذي كان في ذلك البيت لأنه كان يتردد على البيت كثيرا ويعف كلما كان فيه ولكنه بيت دمية.

أجرى اتصالا واخبر ابن العجوز بأن الموظفة الجديدة قد سرقت البيت ولم تترك لا دليلا ولا أي شيء حتى أنها قد اختطفت والدتك.

وأخبره بأنه قد اتصل بالموظفة السابقة ولكنها للأسف لا تمتلك أية معلومة عنها.

كما انه عندما سأل الجيران لم يذكر احد انه رآها أو رأى شاحنة تحمل الأغراض ولم يشعروا بشيء.

لم يكن هناك إلا بيت الدمية والتي لم يكن عليها حتى بصمات فقد أخضعها المحامي لمسح البصمات.

الطفلة الدمية التي لا تكبر

ولدت فتاة بمرض غريب وخطير عندما وصلت تلك الطفلة إلى سن أربعة سنوات توقفت عن النمو ولم تعد تكبر أبدا وهذا ما جعل والدتها تسافر بها لكي لا يتنمر عليها الأطفال في المدرسة فهي لم تكن حتى تناسب المدرسة بل كانت تناسب الحضانة.

وبعد مرور عشرون عاما ووالدتها تسافر بها من قرية إلى قرية توفيت الوالدة.

كانت تلك الطفلة قد تلقت الكثير من العلوم ونمى عقلها إلا أن جسدها كان محبوسا في سن أربع سنوات.

كانت الطفلة تمتلك مئات الفساتين ولم تكن بحاجة إلى شراء الثياب لأن والدتها كانت تشتري لها في كل مدينة.

وهكذا بعد وفاة الأمر لم تعرف الطفلة ما هو مصيرها وكيف لها أن تعيش لقد فكرت كثيرا.

وكانت تقول في بالها بأن الأمر كان بسيطا ويمكن تدبره بالنسبة للطعام والثياب.

الثياب لديها الكثير أما بالنسبة للطعام فتستطيع الاعتماد على خدمات التوصيل وقد تركت لها والدتها بعض المال الذي تستطيع سحبه ببطاقة الائتمان ولكن الأمر كان صعبا عليها فلو اكتشف أمرها احد سوف يزيد الوضع سوء.

لو علم الناس بأنها لا تكبر سوف يحجزون عليها من أجل التجارب وينعتوها بغريبة الأطوار.

ولا يمكنها الآن السفر لوحدها.

ولو ادعت بأنها صغيرة سوف يضعوها في ملجأ في انتظار تبنيها.

قررت أن تجد عملا لكي تعيش حياتها وبينما هي تقوم بشراء بعض الأغراض عن طريق الانترنت مرت عليها بعض العروض في مواقع التواصل لفتيات وأطفال صغار يقومون بعض الأزياء ومنهم من يقوم بإنشاء فيديوهات على مواقع التواصل ويحصلون على ملايين المتابعين وملايين الدولارات.

فكرت قليلا ثم قالت الأمر لا يبدو مضحكا كيف لهؤلاء الأطفال أن يستفيدوا من كونهم صغار.

لقد اعتمدت عليهم والداتهم واستغلوا جمالهم وصغر أعمارهم وأصبحوا يعملون لديهم دخل ورواتب.

فكرت قليلا وهي تحمل الهاتف بين يديها الصغيرة ثم نظرت إلى المرأة وهي ترى نفسها وكيف أن شكلها يبدو محببا ولطيفا ثم قالت وبأعلى صوتها:

ولما لا؟

أنا أيضا استطيع فعل ذلك.

قررت أن تنشي قناة باسمها وان تدعي بأن والدتها هي من تدير تلك القناة وعدة حسابات على مختلف مواقع التواصل.

وقامت بطلب كل معدات التصوير من الانترنت وانطلقت في ذلك المشروع.

من أول فيديو أطلقته حتى أصبح لديها ملايين المتابعين وملايين المشاهدات لأنها عرفت كيف تستغل الجمال الذي لديها لقد أبدعت في ذلك الفيديو حيث كانت تغني بصوتها الصغيرة وترقص بحركاتها الخفيفة وكأنها فراشة جميلة.

لقد عرفت كيف تفعل ذلك.

قبل أن تطلق مشروعها قامت بدراسة شاملة له وتعلمت كيف تقوم بالتصوير والمونتاج وإضافة الصوت أو موسيقى للخلفية وهكذا.

لقد تعلمت الكثير قبل أن تبدأ وقبل أن تصلها المعدات التي وجدت بأنها سوف تعتمد عليها من خلال البحث الذي أجرته.

كل التعليقات كانت ايجابية وكل التعليقات كانت لصالحها واغلب تتغزل في جمالها ولطافتها وكيف أنها لطيفة.

عندما حققت تلك المشاهدات العالية والاعجابات انهالت عليها العروض الترويجية من أجل الإعلانات وإشهار للملابس وهكذا.

قبلت بالكل وقد كانت كثيرة لكنها كانت ترى بأنها تمتلك الوقت لكل ذلك.

كان شرطها الوحيد أن تقوم هي بالتصوير لتكل الملابس أي والدتها هي من تقوم بذلك ولا تريد الغرباء حول ابنتها لأنها تعتبر بأن عملها مع ابنتها لا يؤثر على نفسية الصغيرة عكس حين يتواجد الغرباء حولها.

إن إعلانات الملابس وعرض الأزياء التي كانت تصلها ساعدها كثيرا وخاصة في أنها أصبحت تمتلك الكثير من الثياب التي تعينها على تصوير الفيديوهات التي تريد كما أن تلك الشركات كانت تدفع لها مالا وأيضا تعطيها خصما خاصا وهدايا سنوية ولكن هي كانت تعيش اللحظة ولا تفكر في الغد.

خلال سنة واحدة أصبحت تلك الطفلة مليونيرة وقامت بشراء مزرعة باسم والدتها وقد أوكلت محامي وكل ذلك عن طريق الرسائل القصيرة لأنها لم تكن تستطيع أن تجري اتصال لأن صوتها كان صغير وقد يكشفها.

اشترت مزرعة من أجل إن تنتقل للعيش بعيدا عن المدينة لكي تحضا بالخصوصية وقامت بوضع الديكور الذي تريده منه أستوديو للتصوير وأيضا فيلا كبيرة.

واشترت طائرة خاصة لأنه أصبحت تأتيها عرض للمشاركة في برامج تلفزيونية ولكنها كانت تفضل أن لا تذهب بنفسها بل أن تشارك عبر البث المباشر لأنها كانت تخاف من التدقيق والملاحظة التي لدى الناس.

فكانت ترفض الكثير من العروض لأنها أيضا لم تجد الأم التي هي تدعي بأنها تدير شؤونها فوالدتها في الحقيقة هي ميتة.

أصبح لديها الكثير من العمال والموظفين في بيتها وسائق سيارة وكانت تدعي بأن والجتها مسافرة لأنها صاحبة ملايين فانتشرت إشاعات حول أن الوالدة استغلت ابنتها وأهملتها وتقدم بعض الأفراد بطلب لنزع الحضانة من الوالدة.

عندما وصلت الأخبار إلى الكفلة خافت كثيرا من ان تجري الرياح بما لا تشتهي فقررت أن تهرب وهذا ما فعلته.

لقد أغلقت كل الحسابات وخرجت من تلك الجنة التي لم تعش فيها إلا سنة ونصف.

وسافرت إلى دولة أخرى.

سافرت وتوارت عن الأنظار وهي تفكر في خطة بديلة وبعد فترة من التفكير قررت أن تعيد الكرة ولكن من بلاد أخرى.

تعلمت لغة أخرى الاسبانية أتقنتها، ثم درست التاريخ الاسباني وأصبحت جيدة فيه، تعرفت على الثقافة وكل تلك الأمور، ثم سافرت من أمريكا إلى اسبانيا.

غيرت شكلها وصبغت شعرها الأشقر إلى اللون البني المحمر وأعادت الكرة فتحت قناة وحسابات وانهالت عليها المشاهدات والاعجابات والمتابعة من الملايين.

لقد أثرت فيهم تلك الطفلة الاسبانية التي لا تجيد حتى الكلام والغناء من صغر سنها.

لقد كانت تبدو طفلة مختلفة تماما وكأنها ليست نفس الطفلة حتى من ناحية الماكياج والملابس.

لقد كان لديها الكثير من الوقت لكي تتقن الكثير من المهن ولم تكن في حاجة لمن يشرف على عملها

وبعد أن مضت سنتان ولم يكشف أمرها هذه المرة لكنها هي لم تطق أن تبقى في نفس المدينة ونفس الشخصية وخاصة أن بعض التعليقات كانت تشير إلى أنها لا تبدو وكان سنها تغير رغم أنها أقامت حفلتين لعيد ميلادها الخامس والسادس ولكنها كانت هي من تتحسس للموضوع.

ولأن خطتها لم تكشف وقد أعجبتها، أرادت أن تغير المدينة فاعتزلت مواقع التواصل وكرست سنة كاملة للراحة وأيضا للتحضير للخطة الجديدة.

لقد غيرت المدينة بعد أن تعلمت اللغة العربية وقامت بتغيير شكلها وصبغت شعرها باللون الأسود وانتقلت إلى دولة عربية وقامت بنفس الخطة ولكنها هذه المرة ادعت بأن عمرها ثلاث سنوات وقد كانت ملياردير ة تسافر في الطائرة الخاصة ولديها الكثير من الموظفين دون أن تعطي الأوامر بشكل مباشر.

وبعد ثلاث سنوات هناك ارتاحت سنة وتعلمت اللغة اليابانية وبعد ذلك سافرت إلى الهند ثم عادت إلى روسيا وجالت كل العالم.

وفي كل مرة كانت تكسب شهرة وأموالا ولم يتغير شكلها حتى بلغت ثمانين سنة حتى بشرتها لم تتغير بل كان لديها جسم طفلة صغيرة وصوتها وضحكتها وبشرة الأطفال وماتت دون أن يعلم أحد سرها كما أنها تركت تلك الأموال للجمعيات الخيرة ومستشفيات الأطفال في كل البلدان التي عملت فيها وكسبت منها أموالا وأيضا بعض دول العالم الفقيرة.

دمية الأزياء

أنا والمينيمي

كانت رينا صانعة دمى وأيضا مصورة فوتوغرافية
ولكنها لم تكن ناجحة في الاثنين لا في مجال صناعة
الدمى التي كان يخبرها الجميع بأن تغلق المحل أفضل
لها لأن الدمى التي كانت تصنعها قبيحة.

ولم تكن تحضي بزبائن من أجل التصوير
الفوتوغرافي حتى توصلت إلى اتفاق في يوم من
الأيام.

هذا الاتفاق الطي جعل محلها يصبح مقصودا من
الزبائن وأيضا عملها مزدهرا.

لقد كانت في يوم من الأيام في جنازة، كانت قد توفيت إحدى عجائز المدينة التي كانوا يقولون بأنها مشعوذة وهذا ما جعل الكثير من الناس لا يذهبون إلى جنازتها.

وبما أن الأموات كانوا هم أكثر زبائن رينا للتصوير الفوتوغرافي فقد كانت تعمل بالاتفاق مع دار الدفن وكانت تسعد كثيرا عندما تسمع بوفاة شخص ما.

وهذا ما جعلها غريبة الأطوار وهذا ما جعل الناس لا يحبون اخذ صور لديها قد لا يكون الأمر منطقيا ولكن

أهل تلك المدينة كانوا بهذه العقلية وبأسلوب التفكير هذا.

وبعد أن أخذت رينا صورا لتلك السيدة العجوز لاحظت امرأ غريبا يحدث معها.

لقد كانت كلما نظرت من عدسة الكاميرا رأت العجوز التي تبدو مفتوحة العينين وكلما نظرت بدون الكاميرا وجدتها بأنها جثة هامدة وعيونها مغلقة.

لقد استغرقها اخذ الصور وقتا طويلا وبعد أن أخذتها أخيرا كانت تنظر إلى العجوز بنظرات شفقة وتعاطف معها.

وبعد ذلك قررت ربنا أن تسير في جنازة العجوز المسكينة التي كان يكرهها الجميع ومن دون سبب كما أنهم كانوا يحقدون عليها ولم يرض احد بحضور الجنازة.

قررت أن تحضر الجنازة لأنها رأت بأن الناس يبالغون ويظهرون الكراهية للعجوز بدون أي سبب واضح ولا وجيه.

وهكذا حضرت الجنازة بالفعل وهذا حدث ما لم يكن
في الحسبان.

لقد رأت رينا شيئا أثناء الدفن لقد رأت عجوزا صغيرة
تشبه إلى حد كبير العجوز التي ماتت ولكنها كانت
تبدو مثل الروح.

خيال اصفر قصير كان أقل من المتر.

وكانت تحاول التملص من التابوت ولم تكن تريد أن
تدخل إلى القبر.

لم تستطع رينا أن تفرق بين الحقيقة والخيال لذا صرخت وقالت:

لا تقوموا بدفنها

إنها حية

فنظرت إليها تلك المخلوقة الصفراء وانتقلت إليها بلمح البصر لكي تلتصق بها

ونظر إليها العاملان الموجودان الوحيدان في كل المكان بالإضافة إلى الكاهن وهي.

ثم تمالكت نفسها وسكتت.

عادت إلي بيتها وقضت تلك الليلة وهي تقوم بصنع دمية تشبه الدمية العجوز وبنفس المواصفات ورغم أن الدمية لم تكن جميلة إلا أنها كانت مماثلة لشكل العجوز الحقيقي

لقد كانت تتطابق معها وليست فقط تشبهها.

لقد أغرمت رينا بتلك الدمية ولم تكن لتعرضها للبيع ولكنها وضعتها في محلها.

وعندما رآها أول شخص أعرب لها عن إعجابه بها وهكذا تناقلت الأخبار في المدينة بأن رينا تصنع دمى مماثلة للأشخاص.

فتهافت الناس إلى المحل لكي يروا الدمية العجوز وقد أعجبوا بها هم أيضا.

وطلب منها أول شخص أن تصنع له دمية تشبهه.

لقد وافقت رغم أنها لم تكن تعلم أن كانت تستطيع فعل ذلك ولكنها وافقت ولكن اشترطت عليه أن تقوم بتصويره وأخذت له صورة ولكنها لم تعطه موعدا لإنهاء عملها.

لقد سهرت تلك الليلة وهي تحاول أن تصنع الدمية ولكنها اكتشفت بأن الأمر لم يكن بتلك الصعوبة وقد أنجزتها في وقت قصير ولكنها لم تخبر أحدا بذلك.

وهكذا أرسلت في طلبه اليوم التالي وأخبرته بأنها قد صنعت الدمية ولكنها تريد أن تأخذ له صورة مع الدمية.

بعد أن وافق وهو لم يكن لديه أي مشكل فجلس ووضع الدمية بجانبه وعندما نظرت من العدسة رأت بأن الرجل يغمض عينيه فطلبت منه أن يفتحهما ولكنه اخبرها بأن عينيه مفتوحة.

وكررت الطلب منه حتى أصبح يصرخ عليها ويقول لقد قلت لك بأن عيني مفتوحة.

حسنا خذي الصورة على أي حال.

حتى لو كانت عيناه مغمضة.

وهكذا أخذت الصورة ولكن سطع ضوء ما في عينيها وهي تلتقط الصورة ولم يكن ضوء الفلاش.

بعد أن أكملت جلسة التصوير لقد وجدت بأن الرجل أصبح جامدا وتغيرت تصرفاته وكان كل همه أن يأخذ اللعبة ودفع كلما طلبته بل ترك لها مبلغا من المال أكثر من الذي طلبته وذهب في حال سبيله.

كانت تلك أول دمية تصنعها بطلب من احد الزبائن وهكذا كل من رأى تلك الدمية في الشارع والتي كان يحملها معه الرجل إلى كل مكان يطلب من رينا أن تصنع لهم دمى مثله.

لقد جاءتها عشرات بل مئات الطلبات فكانت تقوم بأخذ صورة للزبون وتصنع اللعبة ليلا وفي الغد تقوم بأخذ صورة للزبون والدمية التي تشبهه وتحصل على الكثير من المال.

لقد كانت رينا تعاني في كل مرة من إغماض الزبائن لأعينهم أثناء التصوير فأصبحت تتغاضى عن الأمر ولكن العجيب في الأمر أنها تجدهم مفتوحي الأعين في الصورة فيما بعد.

وأيضا موضوع الشعاع الذي يشبه الضوء الفلاش.

أصبحت رينا غنية جدا وغيرت كل معداتها وقامت بشراء كاميرا جديدة ومعدات إضاءة لكي تتخلص من ذلك المشكل والذي كان يزعجها أثناء التصوير ولكن حتى بالمعدات الجديدة مازال يظهر ذلك الشعاع.

ولكنه لم يكن يفسد الصور بل فقط يزعج رينا.

وبعد أن أصبحت رينا ثرية إلا أنها لم تكن لتترك ذلك المجال الذي جلب لها شهرة واسعة ومالا وثراء.

فكانت تسافر عبر العالم وأيضا قامت بشراء فيلا كبيرة وأيضا قامت بإقامة أستوديو كبير وجميل ويليق بزبائنها الأثرياء.

ولكنها كانت تشرف على صناعة الدمى بنفسها لأن الزبائن لم يكونوا يريدون إلا دمى هي من تصنعها وبنفس الطريقة التقليدية وان تصنعها بيدها مهما طلبت لقاء ذلك من مال.

أما بالنسبة لها هي فقد كانت تشترط اخذ صور قبل العمل وصورة بعد انجاز الدمية فأحيانا كانت تأتيها طلبات من الخارج ويقترحون أن يرسلوا لها صورة ولكنها كانت تقول بأنه تريد أن تأخذ للزبون صورة حية.

أي صورة هي من تأخذها وفي نفس الحين الذي تقرر أن تصنع دمية.

كما أنها لم تكن لتستغني عن الصورة عند انجاز الدمية ولو استغنت عن المال.

وبعد مرور فترة من الزمن تعرفت الفتاة على رجل وأعجبت به فتقدم لها بطلب الزواج وتزوجته.

وبعد عودتهما من شهر العسل قررت أن تصنع له دمية ولكنه رفض ذلك وبينما هو نائم أخذت له صورة وصنعت له دمية لكي تفاجئه ولكنها هي من تفاجأت

لقد أخذت له صورة مع دميته وهو نائم أيضا قبل أن يستيقظ في ذلك صباح اليوم وعندما أيقظته لم يستيقظ لقد مات.

وبعد أن تجاوزت حزنها عن زوجها وقد كانت معجبة بالدمية التي صنعتها له فقد كانت تذكارا منه بعد وفاته ولم تعد تشعر بالوحدة لوجود تلك الدمية لقد كانت دمية زوجها هي ثاني دمية عزيزة على قلبها بعد دمية العجوز التي أحضرتها معها إلى بيتها الفاخر الجديد.

اكتشفت بعد مرور عدة أشهر بأنها كانت حاملا وقد أنجبت طفلة جميلة.

بعد أن توفي زوجها لم تعد لديها رغبة في صنع الدمى لأن الأمر قد ارتبط لها مع ذاكرة سيئة.

ولكنها اعتقدت بأنها ربما من اثر التعب بالحمل والولادة

ثم قررت أن تعطي بعض الوقت لابنتها ذلك المخلوق الجميل الذي نشأ بداخلها وهي لم تكن تعلم بأن كل هذه الحب وهذه السعادة موجودان في الدنيا.

وبعد مرور خمس سنوات وهي ترفض عروض العمل وقد كانت ترى أحلاما تطلب منها العمل ولكنها لم تكن تعمل رغم ذلك.

وفي يوم حدث لها حادث ورأت حلما رأت بأن ابنتها قد ماتت ولم تمتلك منها حتى لعبة.

فقررت أن تصنع لها دمية.

وعندما وضعت الطفلة أمام عدسة الكاميرا راودتها رغبة وهي أن تأخذ صورة لها هي وابنتها.

وبعد ذلك قامت بصنع دمية لابنتها ودمية لها هي وأثناء جلسة التصوير.

رأت ما كان يراه غيرها من الزبائن.

لقد رأت الدمية العجوز يخرج منها ذلك المخلوق الأصفر وتتوجه إلى الكاميرا وبعد ذلك وعندما تأخذ الصورة كانت تلقي بعض التعويذات.

لقد كانت تلك العجوز تحتوي على ثقوب في جسدها وبعد أن أخذت الصورة.

التصقت بها وحولت روح رينا إلى الدمية التي تشبهها وحولت روح الطفلة الصغيرة إلى الدمية التي تشبهها.

وبعد ذلك خر من الدميتين شعاع ابيض فتغذت عليه المخلوقة الصفراء فأصبحت مكتملة الخلقة وليس بها ثقوب وبعد ذلك نظرت إلى المرآة التي كانت تبدو مثل جثة هامدة وقالت لها:

الم أقل لك أن تصنعي المزيد؟

هذا جزاؤك أنت وابنتك التي كنت ستدمرينني من اجلها

عيشي حياتك جثة هامة ولتتمتع جميتلك بالحياة.

وهكذا قامت وأخذت دميتها وتركت ابنتها وتوجهت إلى المطبخ لكي تطعم الدمية عن طريق تناولها هي الطعام.

لقد أصبحت الدمى حية والأشخاص محض خدم لها.

تحنيط الأطفال

محل دمى حية

كان احد الرجال موهوب ولديه قوة سحرية فأراد أن يستغلها بالشكل الصحيح وهذا ما جعله يسخرها لكسب المال لأنه لم يكن غنيا بل كان مجرد رجل فقير ولد بهذه الهبة أو أصبحت لديه فجأة عندما أصبح شابا.

أحيانا يقول بأنه قد ولد بها ولكنها تأخرت حتى ظهرت عليه وأحيانا يقول أنها أصحت له ربما فجأة.

المهم أنه أراد أن يجمع المال وقد سخر قواه هذه لأجل ذلك.

اكتشف القوة التي لده بمحض الصدفة حيث كان يحاول إنقاذ كلب من السقوط في نهر وفجأة أصبح ذلك الكلب لعبة بلاستيكية بين يده.

لم يفهم ما الذي جدث واعتقد بأنه ربما كان يتهيأ له بأن ما كان يحاول إنقاذه هو حيوان بالفعل بينما هي مجرد لعبة كانت لتسقط في البحر.

لقد كان في تلك الحالة يشعر بانزعاج وشفقة وأمر لا يمكن تفسيره ولكنه كان في حالة يريد مد يد العون لمخلوق بريء مسكين من الممكن أن يفقد حياته في تلك اللحظة.

وبعد ذلك تكررت تلك الحالة معه أكثر من مرة حتى فهم ما هي المشكلة التي به.

في البداية كان يسميها مشكلة حتى عرف كيف يتعامل معها وعرف كيف يديها وذلك عندما أصبح عمره أربعة وعشرون عاما.

وبما انه أراد أن يجمع المال بتلك الطريقة وجد السبيل إلى ذلك عن طريق فتح محل للألعاب البلاستيكية ثم تطورت. موهبته فأصبح يحول ما بين يديه إلى أي معدن يريد بلاستيك حديد والسيراميك والقماش أيضا.

لقد أصبح يحول ما يريد إلى شكل لعبة، قامت بالتدريب الكثير على الحيوانات قطط كلاب وأرانب سناجب وغيرها. حتى صعد به الطموح إلى تحويل البشر.

ولكي لا يكشف أمره قرر أن يقوم بتحويل الأطفال فكان يجذب الأطفال ويغريهم حتى يستفرد بهم ثم يقوم بتحويلهم

ولكن لم يكن بإمكانه فعل ذلك على كل الأطفال بل كان يجب عليه أن يوفر تلك المشاعر التي تجعله يتحكم في قوته.

لقد كان لديه شرط من شروط قوته هو أن يحول فقط بتوفر مشاعر الإحسان والشفقة لذا ولأنه يفهم الأمر جديا فقد جربه على حيوانات كانت مشردة وتعاني من الم ما ضحايا حوادث مثلا.

قرر أن يجذب أطفال الشوارع الذين لا يمتلكون حتى قوت يومهم من أجل تخليصهم من كل تلك المأساة التي يعيشونها.

وأصبح شغله الشاغل أن يبحث عن أطفال الشوارع ويخطف الأطفال من المياتم وأيضا كلما رأى امرأة تعاقب ابنها أو لا تحسن تربيته.

وكلما يرى دموعا في عين طفل أو طفلة كلما رأى والدين لا يستحقان ما لديهم يقوم بالتصرف سريعا.

لقد كان ذكي وسريع البديهة ويستطيع جذب الأطفال إليه ولأنه يشعر بالأسى على حالتهم الاجتماعية والعائلية والمادية كان يستطيع أن يقوم بتحويلهم

بسهولة إلى العاب جميلة وأصبح يمتلك أجمل محلات عبر البلاد وقد كان يبيع الألعاب ويجعل معها قوة شريرة لكي تحميها من الألم مرة أخرى وفي شكل لعبة.

دمى الرسم

فنانة ترسم وتحتاج للدمى من أجل أن تكون نماذج لديها لكي ترسم فكانت تشتري الكثير

حتى أصبحت شقتها تحتوي على مائتي دمية مختلفة الأطوال والأحجام.

دمى تجسد شخصيات أفلام الكرتون وأفلام الثري دي ودمى باربي ودمى حيوانات وشخصيات أقزام وغيرها

فقضت خمسة عشر عاما وهي تجمعها وترسمها وليس لديها حياة اجتماعية إلا صديق كان يحبها يوما ولكنه فيما بعد أصبح يمولها بالمال ولا يكن لها أية عاطفة.

في البداية كانت الفتاة سعيدة بحياتها وفنها وموهبتها ولكنها فجأة أصبحت تشعر بالإرهاق.

لقد كانت تنهمك في الرسم بشكل هستيري ولا تدرك ما يحدث خارجا كما أنها كانت تطبخ أحيانا وتتسوق مرة كل أسبوع ولا تخرج خارج بيتها خلال كل الأسبوع.

كانت ترسم وهي تسمع أصواتا حيث كانت كلما أخرجت ورقة وقلما صحت الدمى وكل دمية تصدر صوتا لكي تطلب منها أن تكون هي الموديل او النموذج الذي تريد استعماله للرسم.

وفي يوم من الأيام جاءتها دعوة من إحدى صديقاتها التي كانت تقيم حفلة بمناسبة اقتراب موعد زفافها

فقررت هذه المرة أن تذهب رغم أنها كانت تعتذر بكل لطف.

وعندما ذهبت إلى حفلة تلك الفتاة التي لم ترها منذ أكثر من ثمانية عشر عاما، فقد كانتا جارتين قبل أن تنتقل هي للعيش في شقة صديقها الذي يصرف عليها.

تأنقت وذهبت ولكنها تفاجأت بصديقات كثيرات هناك أو بالأحرى فتيات من أيام المدرسة المتوسطة والثانوية.

لقد شعرت بالإحراج عندما بدأت كل واحدة تحكي عن نجاحاتها في الحياة منهم من تزوجت ومنهم من أنجبت ولدا والأخرى ولدان والأخرى حامل والأخرى تفكر هي وصديقها في إنجاب طفل والأخرى تمت خطبتها وهكذا فكانت هي الوحيدة التي لا تمتلك ما تتباهى به.

وفجأة سألتها إحداهم وقالت لها:

الم تكوني صديقة مع ....

أجابت وقالت:

نعم

ولكنها لم تكمل جملتها فقد كانت تريد أن تقول لها بأنها مازالت صديقته بل والأكثر من ذلك أنها تعيش معه في شقته إلا أن الفتاة لم تعطها فرصة وقالت لها سوف أقدم لك أختي أنها خطيبته لقد قدم لها خاتم الألماس هذا وسوف يتزوجان الشهر القادم.

صعقت الفتاة بالخبر واعتذرت وخرجت مسرعة والدموع على خديها.

عندما وصلت إلى بيتها والكحل يسبل على خديها وجهت كلاما قاسيا للدمى وقالت بها بأنها قد دمرت لها حياتها.

كسرت بعض الأغراض في البيت وبكت كثيرا وشتمت الدمى التي لم يعجبها كلامها.

في اليوم الموالي لم تكن الفتاة في شقتها.

لقد اختفت ولم يعلم أي أحد إلى أين ذهبت ولكن الدمى كلها كانت سعيدة وعلى وجهها ابتسامة حتى دمية المهرج الحزين وهذا أمر غريب ولكن لن يكتشفه إلا من يعرف تلك الدمى جيد.ا

والأمر الأغرب من ذلك كان على مكتبها رسم لدمية تشبهها كثيرا ولكنها دمية.

أقزام الكريسماس

كانت السيدة العجوز سويتا تمتلك محلا للحلويات
ولكنها كانت تقدم الحلوى مجانا ليلة ليالي الكريسماس
والاحتفال برأس السنة.

تلك الحلويات كانت كلها على شكل أقزام الكريسماس
ولكنها كانت تصنعها من طحين معين لم يكن هناك
مثله في البلدة كلها.

وكان ذلك الطحين يتوفر ليلة قبل الكريسماس فقط.

لقد كانت لديها مطحنة خاصة تخرج الطحين تلك الليلة وتقوم هي بصنع تلك الحلوى التي تصبح حية فور خروجها من الفرن.

وكانت تلك الحلوى التي تصبح دمى تكبر حجما وتصبح صغيرة.

كبيرة أمام السيدة سويتا وصغيرة أمام أعين الناس لقد كانت تضعها في صحون وتوزعها على الناس.

ومن يأخذ حلوى يظن بأنه يأكلها ولكنها في الحقيقة هي من كانت تلتهمه لكي تعيش في بيته على الجدران في صور أقزام كريسماس وأيضا في الهدايا والألعاب التي يخزنها الناس في القبو فتنام طوال العام وتصحو في كل نهاية عام.

في أيام الكريسماس لتحتفل وتأكل وتشرب وتعيش لعدة
أيام تقدر بالسنوات في عالم الدمى.

محل التذكار

في بلدة ايطالية كان هناك محل يبيع التذكارات والأثريات واللعب الخزفية الصغيرة على شكل دمى وأقزام وكثير من الأشكال الجميلة.

كان كل من يشتري تذكارا أو دمية ويأخذه معه يصبح هذا التذكار ماصا للطاقة سواء لمن أخذه هو أو إن أهداه إلى أي شخص آخر.

كانت تلك اللعب تقوم باستنزاف الذكريات التي لدى صاحبها أو من أصبح صاحبها وبالتدريج إلى أن

تتحصل على كل ذكرياته وفي تلك الحالة وعندما تصبح مشبعة بالذكريات تمتلك القوة لكي تعود إلى محل التذكار وتصبح في نفس المكان الذي كانت معروضة فيه في البداية.

لقد كانت مهمتها أن تجمع الذكريات السعيدة والحزينة أيضا وبعودتها إلى المحل واختفائها من عند صاحبها الذي اشتراها فإن صاحب المحل يرجع إلى الحياة ويوعد بحياة أخرى

لقد كان يجمع الذكريات ويأخذ مقابلها أيام للحياة ولم تكن الأيام كثيرة ولكن صاحب المحل كان يرضى بها لأنه يجمعها مع بعضها ويحاول أن يصنع المزيد من الدمى لكي يكون رصيده من أيام الحياة أكبر

وتستمر كل الدمى بخدمته بلا إرادة منها فهي كالجنود ولكنها مرغمة على العمل لديه.

خوليا

الدمية الإسبانية

اجتمعت بعض الفتيات وقررن أن يقمن بصناعة الدمى المخيفة لكي يتم بيعها في عيد الهالووين.

ولكن وضعت الفتيات خطة أو ما يسمى بالتصميم من أجل الدمى.

لقد اخترن الكثير من الأشكال المخيفة ولكن لم يكن ذلك هو الأمر الذي سيجعل تلك المدى البشعة تباع.

لذا بحثن عن شيء لكي يجعل الدمى مرغوبة ومطلوبة في السوق وليس محبوبة فقط.

أخبرتهم إحدى الفتيات بأنها تعرف شيخا مشعوذا وربما يمكنه أن يساعدهم في ذلك الأمر.

وبعد أن كانت تجربتهم على الكثير من الدمى قررت تلك الفتاة والبقية الذهاب إلى الرجل الذي يعيش في الغابة من أجل المساعدة.

بعد رحلة طويلة ومتعبة قليلا وصلت الفتيات إلى المكان الذي يعيش فيه الشيخ.

اخبروا الرجل بأنهم يريد وان يقوموا بتسويق دمية ولكنهم محتارون في الأمر.

اخبروه بأن الدمى التي اعتمدوها لا تبدو محبوبة لأنهم أرادوها بشعة فصنعوا بعض الدمى التي يظنون بأنها لن تجد مكانا لها في السوق ولا في قلوب الجمهور.

وهكذا ولأنهم كانوا مضغوطين في التوقيت ويريدون إطلاق الدمى في الوقت المناسب ولم يبق الكثير من

الوقت أمام عيد الهالووين ربما حوالي الشهر والنصف.

كن يعتقدن بأن السلعة التي لديهم ربما تكفي ولكن ما بقي هو التسويق.

ولكن الرجل لم يعجب بالفكرة وقال لهن بأنه يستطيع أن يقدم لهن الخدمة ولكن عندما شاهد صور الدمى التي قاموا بصنعها لم يعجب بها.

وهكذا رفض كل تلك الدمى وقال لهن بأنه لا يريد أن يضيع عمله على هذه الدمى.

بداية لأنها كلها قبيحة وبكل الطرق وثانيا لأنها مصنوعة فهو يستطيع أن يقوم بإلقاء تعويذة على العمل قبل إتمامه على الأقل والأفضل قبل أن يبدأ.

لم تعجب الفكرة الفتيات فكيف سوف يقومون بالعمل من البداية ولكنه اخبرهن بأنهن إن أردن فعلن وان

اعتمدن على التعويذة التي سيعطيها لهن وأيضا التعليمات سوف يفلحن بدون شك.

ولكنه اخبرهن بأنه سوف يطرح عليهن بعض الأسئلة أولا وبعد ذلك سوف يحدد كيف يسير العمل.

الفتيات كن خمسة فتيات.

راميرا (الحكيمة)سيرافيا الوندرا (القبرة) ارسيليا (الكنز) وجاسيندا

فسألهن وقال:

من هي صاحبة الفكرة؟

أجابت راميرا وقالت:

أنا صاحبة الفكرة

قال:

ومن هي التي أشارت عليكن بالمجيء إلى هنا؟

أجابت راميرا وقالت:

ارسيليا هي من أشارت علينا بهذا

قال:

ومن منكن كانت تعارض المجيء؟

خفن ونظرن إلى بعضهن ثم تكلمت الوندرا وقال:

أنا

لقد كنت خائفة لان المكان بعيد

قال:

لا عليك انه مجرد سؤال

ثم سأل سؤالا آخر وقال:

من منكن كان لديها اليقين بأن هذه هي الطريقة التي
ستجعل علمهن يزدهر

أجابت راميرا وقالت:

أنا

ثم أضافت ارسيليا وقالت:

وأنا أيضا

لقد فهم بأن أكثر فتاتين تحبان ذلك المشروع ومتشوقتان لإطلاقه هما.

أراد الرجل أن يعرف ما دور الفتيات الأخريات فسألهن وقال:

هيا اخبروني بدور كل واحدة فيكن في هذا المشروع

فأجابت راميرا:

سوف أخبرك بدور كل واحدة منا

أنا صاحبة المشروع وصاحبة الفكرة وتستطيع القول أنني أنا هي المديرة.

ارسيليا هي بمثابة مديرة تنفيذية

هي المسئولة عن الأفكار والتصميم وهي التي تعطي إشارة الانطلاق.

الوندرا وسيرافيا مختصات في الخياطة والتعليب

ولكن رغم ذلك إننا جميعا نتعاون من أجل انجاز العمل إلا أننا كل له تخصصه في البداية.

أما جاسيندا في تجيد الحساب وتستطيع أن تهتم بالجانب المالي من مصاريف التكاليف وأيضا المداخيل.

لكن هي التي لم يبدأ عملها بعد.

وضحك الجميع.

طلب منهم الرجل أن يتنزهوا غير بعيد بينما هو سيقوم بالتفكير في الأمر لبعض الوقت ولكنه قال لهمن:

ما الذي أحضرتهن من أجل أن يسير العمل بشكل جيد

قالت:

لدينا بعض المال.

فنظر إلى عجوز تجلس بجانبه فقالت: (وهي تضحك وتفتح فمها الذي ليس فيه الكثير من الأسنان)

وهل تعتبرون المال قربان لأجل الأعمال القوية؟

ونظرت إلى الرجل وقال:

أم أنهم مجرد أطفال يلعبون

فلم يجبها وبعد ذلك ذهبت الفتيات من أجل النزهة وبينما هن يتنزهن قالت راميرا لأرسيليا:

ما الذي قصدته العجوز بأننا أطفال نعلب

ارسيليا:

ألا تسمعين عن هؤلاء أنهم يقدمون البشر لأجل أعمالهم التي يريدون أن تنجح.

راميرا:

بشر؟

هل تعنين ذلك؟

ارسيليا:

أجل ولكن فقط الناس الذين يريدون أمرا وبكل قوة وهم مستعدون للتضحية بشخص

راميرا:

إنهم بلا ضمير

ارسيليا:

انه حب المال يا صديقتي

راميرا:

وكيف يتم الأمر؟

ارسيليا:

كما أخبرتك بأن تقدمي شخصا من أجل تلك الشعوذة

راميرا:

أي شخص؟

ارسيليا:

لا أظن ذلك

إنهم يفضلون الفتيات العذراوات أحيانا والأطفال في بعض الأوقات.

وإن تقطعت السبل المهم هو دم بشري ولكن بالخداع

راميرا:

ماذا تعنين بالخداع؟

ارسيليا:

يقولون بأن الشخص عندما يكون مخدوع يكون في صفة من البراءة وتلك البراءة هي ما تبحث عنه الأرواح.

وأيضا عندما تخدعين شخصا فهذا يعني انك قدمت جزء من روحك أنت لأنك أصبحت عبدة للشر.

راميرا:

هم يبحثون عن البراءة إذن؟

ارسيليا:

أجل كلما كانت الضحية بريئة ونقية ولم تتندس بالأفعال البشرية والحيوانية مثل الجنس كلما كانت

124

مقبولة لأنها تفتح بابا من أبواب جهنم من أجل بعض الأعوان الذين يساعدون في تحقيق تلك المعادلة.

كما أن المشعوذ ذاته يستفيد من تلك التضحية.

راميرا:

هذا كثير

ارسيليا:

ليس كثير عن النجاح الذي يعيشونه فيما بعد.

ومال وثراء وكلما تتخيلينه وما لا تستطيعين تخيله حتى

صدقيني.

راميرا:

لا استطيع أن أتخيل الأمر فكيف يمكنك أن تتحكمي بحياة الآخرين فتقدميها كتضحية.

ارسيليا:

يمكنك سرقتها

وضحكت

راميرا:

أجل ربما ذلك هو

ارسيليا:

أجل ذلك هو

إن لم تمتلك الحيلة فلتحتال

المهم هو النجاح

بعد أن عادت الفتيات من النزهة وقد طلبهم الرجل في اجتماع طارئ.

واخبرهم بأن دعائهم مقبول ولكن عليهم أن يقدموا تضحية ما.

قالت الفتيات:

ماذا تقصد بتضحية

فقالت العجوز:

ما الذي تستطيعون تقديمه؟

ربما إنسان (وهي تضحك)

ثم قالت:

ربما حيوان

وربما لدي لكن الحل

فلتقدموا رقصا وحيوان ومخاطرة

راميرا:

نحن مستعدون

نظرت ارسيليا إلى الفتيات وقالت:

يمكننا ان ندفع لهم ثمن حيوان ونقدمه

ولا مشكلة في الرقص أليس كذلك

نظرت إليها الوندرا وقالت:

ماذا يقصدون بمخاطرة؟

ارسيليا:

إنها مجرد لعبة

حيث قد يطلبون منك الرقص مع الفهود أو الأسد ولكن

الأمر مأمن.

راميرا:

أحقا؟

ارسيليا:

أنا أمزح.

سيكون أمر خطير ولكنهم لن يطلبوا منا ما لا نستطيع فعله يجب أن تفكرن في المال الذي سوف يغدقه علينا هذا المشروع.

الأمر سينجح مئة بالمائة.

النتيجة مضمونة

لا تكن جبانات

هيا تشجعن وكن على قدر المغامرة

راميرا:

أنا موافقة

سيرافيا:

أنا موافقة

الوندرا:

أنا أيضا

جاسيندا:

وأنا

طلبت منهن العجوز ان يتجهزن للرقص من أجل الطقوس وعندما قاموا لكي يخرجن

طلب الشيخ من أن تبقى

تساءلت الوندرا وقالت لأرسيليا:

لما طلب منها البقاء؟

ارسيليا:

أظن انه سوف يطلب منها مالا أكثر

الوندرا:

ولما لم يطلبه بينما نحن جميعا جالسات

ارسيليا:

ربما شعر بالإحراج

لا عليك المهم هو النتيجة

هيا سوف يعطوننا ملابسهم التقليدية

عندما أخذتهم العجوز أعطتهم الكثير من الملابس لكي يختاروا منها ولكنها كانت تساعدهم في الاختيار

لقد قدمت أجمل فستان والذي كان باللون الأحمر للفتاة جاسيندا.

أما الرجل فقد طلب من راميرا أن تجلس وقال لها:

ما هي نسبة رغبتك في الحصول على المال

راميرا:

كثيرا

الشيخ:

إلى أي درجة؟

ما الذي تقدميه من أجل المال

راميرا:

من أجل المال الكثير أقدم كما أملكه

الشيخ:

ولكن يمكنك أن تقدي ما لا تملكينه أيضا

وقبل أن تعلق على كلامه قال لها:

أغمضي عينيك وانظري كيف ستصبحين

أغمضت راميرا عينيها ورأت بأنها تعيش في حياة مرفهة ولديها قصر وخدم وحشم.

وأموال تنام عليها الكثير من الأوراق النقدية.

فتحت عينيها وقالت:

يمكنني أن أقدم حتى ما لا املكه ولكن ما هو؟

الشيخ:

ما رأيته لا يأتي بسهولة ولا يشترى بمال بل بالتضحية الطاهرة

هل فهمت؟

راميرا:

ولكن نحن لم نكن نفكر في تقديم تضحية بشرية

الشيخ:

الأقدام على عمل أقوى من مجرد التفكير

والفرصة لا تأتي إلا مرة واحدة

أمامك فرصة انتهزيها أو اتركيها

راميرا:

ماذا تقصد وسوف افعل ما تطلبه

الشيخ:

معك فتيات كثيرات قدمي فتاة

اصدق تضحية هي فتاة

راميرا:

وكيف يمكنني أن اقنع إحداهن

الشيخ:

ليس مجرد فتاة

ليس أي منهن

بل قدمي المختارة منهن

راميرا:

المختارة؟

الشيخ:

أجل الطاهرة النقية البريئة النقية

راميرا:

فكرت راميرا في رأسها بينها وبين نفسها وقالت لنفسها اعلم بأن كل الفتيات يقمن علاقات فمن منهن لديها هذه المواصفات؟ فكانت تشك في الوندرا.

لأن ارسيليا كل يوم مع صديق مختلف، و سيرافيا شبه مخطوبة لديها صديق واحد منذ أن كان عمرها ثلاثة عشر سنة ولا تكاد تنفصل عنه.

فلم يبق إلا الوندرا وجاسيندا، لكن جاسيندا تقضي معظم وقتها على الهاتف أي أنها لديها صديق رغم أنهم لا يعرفونه، أما الوندرا فقد كانت تبدو دائما

مترددة وخوافة لذا انتابها الشك فيها رغم أنها لا يمكن أن تصدق بأن فتاة تجاوزت العشرون عاما وأنهت دراستها ولم تكن لديها علاقات سابقة.

ثم قالت له بصوت مسموع:

من تقصد؟

الشيخ:

قدمي صاحبة الفستان الأحمر.

استغربت وقبل أن تسأله من يقصد للمرة الثانية دخلت إحدى نساء القبيلة وسحبتها من يدها وقالت بدأ الاحتفال.

أخذتها إلى حيث ينتظرها فستان اصفر اللون فلبسته ثم خرجت إلى الساحة حيث رأت صديقاتها.

لقد رأت أول الفتيات ارسيليا التي كانت تلبس فستانا برتقالي اللون وهي ترقص وتستمتع بوقتها كثيرا

فراحت تبحث عن صاحبة الفستان الأحمر لأنها فهمت بأن احدث=ى الفتيات تلبس فستانا احمر اللون.

لقد كان هناك الكثير من الناس يرقصون لذا كانت تبحث بصعوبة رغم أن الأحمر يكاد يظهر من بينهم.

لقد ظهرت من بين الراقصين سيرافيا وهي ترتدي فستانا لونه أخضر.

فلم يبق إلا احتمال الوندرا أو جاسيندا

لقد كان قلبها ينبض بسرعة وكانت تريد ان تعرف من هي الفتاة المختارة.

ولكنها قد عزمت آن تقدمها أيا كانت ولم تكن مترددة في فعل ذلك.

وعندما وصلت إلى حيث هن وتقدمت لكي تصبح أمامهما وهما ترقصان بينما كانت وراءهما.

وأخيرا اتضحت الصورة لقد عرفت بأن من تلبس الأحمر هي جاسيندا وليست الوندرا كما كانت تظن.

وبعد الرقص وتقديم العنزة كتضحية وقبل الغروب اخبرها العجوز بأن عليها أن تتصرف،عليها أن تقدم تضحيتها في زي المخاطرة.

أي أن تتظاهر بأنها تقوم بأمر خطير ولكنها في الحقيقة تقدم تضحيتها.

أخبرتهم العجوز بأن عليهم أن يقوموا بمخاطرة.

عليهم أن يشعروا بالخوف.

وكيف ذلك؟

لقد قالت لهم يجب أن تربطوا نفسكم جميعا في حبل واحد وان تقوموا بالتقدم من الجرف ولكن أهل القبيلة سوف يمسكون بكن وان تصلوا حتى الحافة لكي يشعورا بالخوف الحقيقي قبل الغروب.

كانت الشمس صفراء كثيرا وبرتقالية بل اقرب إلى الأحمر حيث يقدم الدم الطاهر مع الشمس الدموي

لقد فعلت الفتيات ما طلبته منهم أهل القرية وهن يستمتعن لكن راميرا كان كل تركيزها على جاسيندا.

فكانت تحتك بها في الرقص وتمسك بيدها والفتاة لا تفهم شيئا بل كانت تستمتع بالأمر فقط.

وعندما جاء دور تلك المخاطرة أمسكت بجاسيندا وربطتها معها فأصبحت هي آخر من في الجبل والحبل يدور ويعود إلى أهل القرية.

بينما في الطرف الآخر الفتيات وبعض النساء على الترتيب.

جاسيندا راميرا ثم العجوز ثم ارسيليا وامرأة من القبيلة ثم سيرافيا وألوندرا وباقي النساء المشاركات في الاحتفال من نساء القرية.

لقد أصبح الوضع مخيفا والأعصاب على مشدودة في تلك اللحظة وعندما اقتربن من الحافة على أصوات الغناء والقرع على الطبول.

كان باقي أهل القرية يشجعونهم على الاقتراب أكثر من حافة الجبل.

حتى أصبحت العجوز هي فقط من على الحافة وأصبحت البنتان متدليتان راميرا وجاسيندا.

لقد انتاب راميرا بعض الخوف بينما كانت جاسيندا مرعوبة وخائفة حد الموت.

فأصبحت ملامح الخوف تغطي على ذلك الماكياج الذي وضعوه لها وقد أصبحت أكثر جمالا بخدودها الوردية وشفاهها الحمراء وشعرها الناعم الذي يميل إلى سفح الجبل وكأنه مثل جسدها يهوى السقوط.

في تلك اللحظة قامت العجوز بإعطاء راميرا خنجرا في الخفاء ففهمت راميرا ما يجب عليها فعله.

قطعت راميرا الحبل وتركت جاسيندا تسقط وتضيع مع غرب الشمس.

فجعت الفتيات وسارع الرجال بجذب باقي الفتيات والنساء وأكملوا الإحتفال.

فيما قالت راميرا:

لقد سقطت

سقطت

وكأنها كانت تبرر لهم ولنفسها وكأنها تحاول إقناع صديقاتها بأن جاسيندا قد سقطت من تلقاء نفسها وليست هي من قطعت الحبل وسارعت إلى إخفاء الخنجر تحت ثيابها.

لجأت بعض الفتيات للبكاء فيما أن ارسيليا لم تتظاهر بالحزن ولم تسقط من عينها ولا دمعة واحدة ونظرات

إلى راميرا بنظرات حادة وكأنها تعلم أنها فعلت ما فعلت عن قصد.

لقد فهمت راميرا بأن لعبتها مكشوفة أمام ارسيليا ولكنهما لم تتناقشا في الأمر.

فيما بعد وبعد أن هدأت الأمور قالت لهم ارسيليا:

هل تعلمون بأنه لو علم احد بما حدث سوف يقولون بأننا نحن من قتل ارسيليا.

سيرافيا:

وما دخلنا لقد كان حادثا

ولما يقولون ذلك

سوف يقولون بأننا كنا نمارس الشعوذة مثلا وأننا نحن من قتلها.

لا دخل لنا

يجب أن نقول بأنه لا دخل لنا

يجب أن نقول الحقيقة كما هي وليصدقوا ما شاءوا

أنت لست في وعيك.

لن يصدقونا وسوف يزجون بنا في السجن.

هل تريدين أن تكملي باقي حياتك هناك.

ولكن..

لا تقولي لكن..

يجب أن لا نقول بأننا رأيناها

ويجب أن لا نذكر لأحد لأننا جئنا الى هذا المكان

بل يجب أن نقول بأننا خرجا في رحلة تخييم نحن الأربعة فقط .

هل فهمتم؟

هل اتفقنا؟

اتفقت الفتيات على ذلك الأمر وفي صباح اليوم الموالي، الصباح الباكر أعطى الشيخ لراميرا قطعة قماش وقال لها احتفظي بهذا ذلك السكين، إنه هدية.

ذلك السكين هو من فتح لك باب المال.

اغرزيه في القماش ثم اصنعي الدمى ولكتن بهيئة واحد وربما تشبه أضحيتك وأطلقي عليها اسم خوليا.

كل الدمى بشكل واحد واسم واحد.

ثم قال:

خوليا أمانة لديك فحافظي عليها.

عادت الفتيات ولكن الوندرا قد خرجت من المجموعة وبقيت فقط الثلاث فتيات وأسسن مشروعهن وأطلقنه.

لقد قمن بصناعة دمية بشعر ناعم وفستان احمر وأطلقت عليها راميرا اسم خوليا.

لقد كانت تحب أن تضع لدميتها الشعر الحقيقي ولأنها أصبحت ثرية فعلا أصبحت تشتري الشعر الحقيقي وتضعه على الدمى التي كانت تبيعها فقط في موسم الهالووين.

روسيو

الدمية الروسية

كانت السيدة روسيو تقوم بصنع دمى من القماش فتقوم بالتفصيل والخياطة وتلصق الشعر وأيضا تعطي ملامحها للوجه

لقد كانت السيدة روسيو تجيد ذلك العمل وتعمل كثيرا وكان هناك طلب كبير على تلك الدمى التي تصنعها يدويا

لقد كانت تعشق عملها وتعيش منه وفيه

كانت تطلق على كل دمية تكملها اسما وكل الأسماء هي اسم واحد ولكنها لا تطلق الاسم إلا بعد أن تكمل الدمية وتصبح جاهزة للعرض أو البيع أو الإرسال إلى وجهة ما.

الاسم الذي كانت تطلقه على كل الدمى هو اسمها هي اسم روسيو.

والدمى كلها كانت تتشابه رغم أنها أحيانا تجعل لها ملابس مختلفة وأحيانا تلبسها فستان عروس.

والسر وراء دمية روسيو العروس الخرساء نعم لقد كان هناك أن يطلق عليها هذا الاسم.

وذلك لأن الدمية على شكل عروس لم يكن لها فم رغم أن لها عينان وشكل أنف.

لقد كانت هي من اختارت التصميم لتلك الدمية على شكل عروس أول مرة بعد أن كانت عروسا ولم تكمل زفافها.

لقد حدث حادث كبير يوم زفافها فقد كان الرجل الذي
تحبه خائن ووصلت إلى زفافها امرأة أخرى وقامت
بقتل الرجل الذي كان عرسيها والذي كانت تحبه كثيرا
لذا فقد مات أمام عينيها وعانت من الخيانة وتلقت عدة
صدمات مرة واحدة.

لقد قتل حبيبها أمام عينيها وأصبح فستانها الأبيض
أحمر اللون بدم زوجها أو من كان سيصبح زوجها.

ومنذ ذلك اليوم وقد كان في عمرها عشرون عاما
وهي لا تنطق.

لقد فقدت صوتها وحلمها وزوجها وحبيبها وكل ما كان
يجعلها سعيدة.

ومنذ ذلك اليوم وهي لا تتحدث وبعد مدة بعد التشافي
من بعض تلك الصدمات التي تلقتها جميعا في يوم
واحد يوم عرسها وزفافها واصدق فرحة في حياتها.

نصحها الأخصائي النفساني بأن تجد شغفا وأمرا يشغلها لكي تتحسن حالتها وبعد فترة من الجلوس مجموعة اليدين قررت أن تصنع الدمى لأنها كانت لديها جدة تصنع الدمى وعلمتها تلك الحرفة عندما كانت صغيرة.

قررت روسيو أن تشغل نفسها بصناعة الدمى وقد تذكرت تلك الذكريات الجميلة عندما كانت تصنع الدمى مع جدتها.

وأصبحت هي تصنع الدمى ولكنها قررت أن تجعل الدمى بدون فم.

لأنها لم تكن هي تتحدث ربما وربما لعدم رغبتها في الكلام فقد منعت الدمى أيضا من الكلام.

ومنذ ذلك اليوم وهي تصنع الدمى الصامتة أو العروس الخرساء كما يطلق عليها البعض.

وقد مرت السنوات ولم تسترجع هي صوتها بل عوضته بصنع الدمى الصامتة

كما أنها لم تعاود الكرة ولم تتعرف على أي رجل ولم تتزوج بل انطوت على نفسها وراحت تصنع الدمى

لقد كانت الدمى جميلة ولكن لم يكن لديها فم ورغم ذلك كانت رائعة الجمال.

Sommaire